Hoy gatito amaneció travieso.

Tiene una pequeña sensación que le pica por hacer travesuras.

Es por eso, que mamá lo detiene y le da otras opciones

¡Gatito quiere aventar juguetes!

BASTA

GATITO

BASTA

Si avientas tus juguetes,
¡se pueden romper!

Y ya no podrás usarlos...

¿QUÉ SI SE PUEDE HACER?

Puedes usarlos para jugar y cuidarlos para que duren mucho tiempo

Gatito quiere rayar las paredes

BASTA

GATITO

BASTA

Si pintas la pared...

quedará manchada

Y después tendrás que

ayudar a limpiarla

¿QUÉ SI PUEDES HACER?

Mamá te puede dar material para pintar

Quiere hacerle maldades a otros gatitos

BASTA

GATITO

BASTA

Si les haces maldades, lastimarás a los gatitos

Eso les va a doler

y se sentirán tristes

¿QUÉ SI PUEDES HACER CON LOS GATITOS?

Puedes divertirte jugando y compartiendo tus juguetes

sin lastimar a los demás gatitos

Gatito quiere jugar con la tierra de las macetas

BASTA

GATITO

BASTA

Las plantitas necesitan tierra para poder vivir

Si la sacas, se podrán tristes y
no podrán florecer

ENTONCES, ¿QUÉ SI PUEDE HACER?

Puedes ayudar a regarla

Eso sí, con poca agua, sólo la necesaria

Si con tierra quieres jugar

Podemos buscarte un espacio especial para esa actividad

pero a mamá se lo debes pedir

Gatito casi prueba hacerse un nuevo peinado

BASTA

GATITO

BASTA

Las tijeras son peligrosas

para gatitos cachorros

¿QUÉ SI SE PUEDE HACER?

Si un nuevo look quieres probar,
con mamá debes hablar

y entonces te puede apoyar

Y si las tijeras quieres usar, a un adulto las debes pedir

Con supervisión puedes recortar hojas, dibujos, figuras o formas

Gatito casi prueba usar maquillaje

BASTA

GATITO

BASTA

Si lo haces sin ayuda

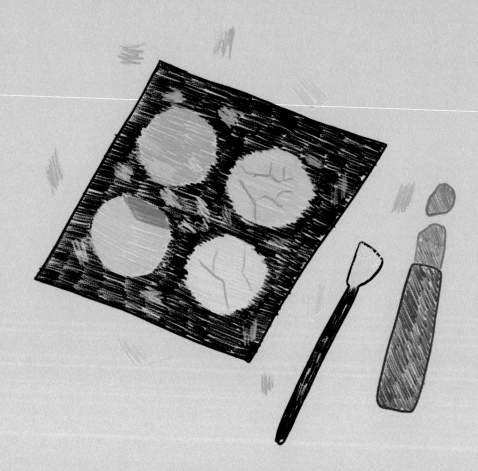

el maquillaje puede terminar magullado

¿QUÉ SI PUEDES HACER?

Si la carita quieres pintar,
alguien te debe ayudar

Así tendrás un bonito maquillaje

Gatito encontró una delicia y quería esconderse para poder comérsela

BASTA

GATITO

BASTA

¿QUÉ SI PUEDES HACER?

Negociar con mamá para que te lo puedas comer

¡Bien hecho, gatito!

¡Felicidades!

Lograste dejar las travesuras por el día de hoy.

Made in the USA
Columbia, SC
28 May 2023

17126306R00029